JEUNESSE

D1295773

Le Monstre de la forteresse

LUCIE BERGERON

ILLUSTRATIONS : CAROLINE MEROLA

QUÉBEC AMÉRIQUE jeunesse

Catalogage avant publication de Bibliothèque et Archives Canada

Bergeron, Lucie
Le Monstre de la forteresse
(Abel et Léo ; 6)
(Bilbo ; 150)
Pour les enfants de 7 ans et plus.
ISBN 2-7644-0436-0
I. Merola, Caroline. II. Titre. III. Collection : Bergeron, Lucie,
Abel et Léo ; 6. IV. Collection : Bilbo jeunesse ;150.
PS8553.E678M66 2005   jC843'.54   C2005-940936-3
PS9553.E678M66 2005

Conseil des Arts   Canada Council
du Canada   for the Arts

Nous reconnaissons l'aide financière du gouvernement du Canada
par l'entremise du Programme d'aide au développement de l'industrie
de l'édition (PADIÉ) pour nos activités d'édition.

Gouvernement du Québec – Programme de crédit d'impôt pour
l'édition de livres – Gestion SODEC.

Les Éditions Québec Amérique bénéficient du programme de subvention
globale du Conseil des Arts du Canada. Elles tiennent également à remercier la SODEC pour son appui financier.

Québec Amérique
329, rue de la Commune Ouest, 3e étage
Montréal (Québec) H2Y 2E1
Téléphone : (514) 499-3000, télécopieur : (514) 499-3010

Dépôt légal : 4e trimestre 2005
Bibliothèque nationale du Québec
Bibliothèque nationale du Canada

Révision linguistique : Monique Thouin
Mise en pages : André Vallée – Atelier typo Jane

© 2005 Éditions Québec Amérique inc.
www.quebec-amerique.com

À la mémoire de mon père, Georges,
qui savait comment chasser les monstres.

-1-

À l'aide !

Au secours ! Sauvez-moi ! Mon corps est lourd, mes jambes ont fondu sur le matelas. J'ai l'impression d'avoir un *hatti* assis sur le front. Un éléphant, oui, un éléphant avec des boucles d'oreilles. Immense ! Il me touche la joue avec sa trompe. Il me fait de l'ombre avec son chapeau de cow-boy. Je l'entends, il parle d'une voix inquiète :

— Il est chaud, trop chaud. La fièvre ne baisse pas.

Mon éléphant a la même voix que grand-papa. Grand-papa ?... Où es-tu ? Es-tu encore parti ? Je vois Swapnil. Mon ami ! Je tends la main.

11

Son corps ondule. Nooon ! Il a le sourire du cobra. Le serpent à lunettes ! Va-t'en ! Je me recule. Ma tête s'enfonce dans l'oreiller. Je tombe... De l'eau, beaucoup d'eau. Il faut que je nage. Vite, plus vite !

— Foutues *malpouas* ! Pourquoi en a-t-il mangé ? Il divague.

Le cow-boy parle encore, mais je n'ai pas le temps de l'écouter. Je dois avancer. Je bats des jambes, mes pieds fendent l'eau. Tout autour de moi flottent des crêpes au sirop. Les *malpouas* m'empêchent de bouger. Elles collent à mes mains, s'agrippent à mes bras, montent sur ma tête ! Je vais couler ! Aaaaaah ! J'ai chaud, j'ai mal au cœur. Oh ! non, l'eau est glacée. Mes dents claquent comme des notes de piano. Je frappe avec mon index sur la note blanche. Je frappe, je frappe. Maman me dit d'arrêter. Elle porte un turban rose.

Elle ricane. Ouache ! Ses dents sont noires, noires comme les marches de l'escalier. Comme les chauves-souris. Elles volent, elles volent. Arrêtez ! Non ! Elles m'agrippent les cheveux. Ça tire ! Elles courent sur mon ventre. AAAAAAAH ! Un monstre ! Un monstre gris fer avec d'énormes yeux et une longue queue. Il grimpe sur ma poitrine. Ses griffes sont acérées, aiguisées comme des lances. Le regard en feu, il ouvre la gueule. Nooooon ! Il se jette sur mon cou. Ses dents déchirent ma peau ! Il va me dévorer. J'ai peur, j'ai peur. Sauve-moi ! Grand-papa ! Reviens ! Je suis tout seul. Aide-moi !

Une voix crie, me griffe les tympans. Elle hurle :

— I-ci-tap-ki-rrri-i-ci ! ICI !

À bout de forces, je plonge dans un noir total.

-2-

Les retrouvailles

l'aurais touché avec un bâton en flammes qu'il n'aurait pas réagi plus vite.

— Voyons ! J'empeste ou quoi ?

— *Kay* ? fait-il sans comprendre.

— Est-ce que je sens mauvais ? Tu sais, je n'ai sauté qu'un soir de débarbouillage.

— Pas juste un, *tine…* trois soirs, Abel.

Je me redresse sur les coudes, interloqué.

— Tu veux dire que je suis dans ce lit depuis…

— Depuis trop longtemps ! s'exclame grand-papa Léo en entrant dans la chambre.

Mon grand chef arbore un sourire de vedette de cinéma. Il paraît tellement heureux qu'une constellation d'étoiles brille dans son regard.

— Tu es enfin de retour parmi les vivants, champion. Félicitations !

Il touche mon front de sa main de géant.

— Tout me semble revenu à la normale...

Grand-papa tâte mon pouls.

— Ton cœur a repris son rythme. Un bon petit trot de chamelon qui court derrière sa mère dans le désert...

Il écarquille mes paupières.

— Ton œil a retrouvé son éclat. Plus pur encore que la chair d'une noix de coco... une *nâral*, traduit-il pour Swapnil.

Attentif, mon ami acquiesce en dodelinant de la tête. Léo me pince les narines.

— Bon, pour le nez, pas d'amélioration. Il a toujours été un peu trop gros !

— Franchement, grand-papa !

Discret, Swapnil détourne le regard, sourire en coin. Finalement,

Léo m'entrouvre les lèvres avec son pouce et son index.

— Bonne dentition, gencives roses... Je pourrais peut-être te vendre au marché pour quelques roupies, tout compte fait.

La chaleur me monte aux joues. Je viens de traverser une terrible maladie et mon grand chef se paie ma tête ! Je rétorque, vexé :

— J'en ai assez ! Tu te moques tout le t...

— Oui, continue ! Fâche-toi ! Tes joues retrouvent enfin un peu de couleur. Tu ne trouves pas, Swapnil ? Quand je suis entré, mon Tigron, tu avais un teint de cadavre.

Je cherche quelque chose à répliquer quand j'entends dans le couloir un bruit de galopade. Dans un éclair noir, Mammouth fait irruption dans la chambre. Ses pattes patinent sur le plancher, dérapent, glissent vers la fenêtre. D'un coup de reins, le chien se redresse et bondit vers mon lit. Je lève les bras pour me protéger. Mammouth atterrit dans un WOUF! spectaculaire. Sous le poids, le lit grince, craque et s'écrase sur le sol. Je me retrouve la tête en bas et les jambes en l'air. Swapnil éclate de rire. Léo se tape sur les cuisses, plié en deux. Moi, je suis incapable de bouger, immobilisé par deux pattes noires sur mes épaules. Bavant comme une limace, Mammouth me lèche les joues avec autant d'ardeur qu'un guerrier lècherait une crème glacée après trente jours de route dans le désert.

Entre deux coups de langue rose, j'arrive à marmonner :

— Est-ce que... pouah! quelqu'un... beurk... pourrait me libérer ?

Un concert de rires me répond.

Avec peine, je repousse la machine à bave et me relève. J'ai la nausée. Mon cœur bat dans mes tempes.

— Je-je... me... sens mal.

Mes genoux fléchissent. En une enjambée, grand-papa est à mes côtés. Il me prend dans ses bras et me couche dans le lit voisin. Mon ami agrippe ma main. Ses yeux sont remplis de larmes. A-t-il de la peine ?... Voyons donc ! Swapnil a tellement ri avec grand-papa qu'il en a pleuré !

-3-

La source du mal

Avec un coin de sa chemise blanche, grand-papa essuie mon visage humide de bave.

— Tu as besoin de repos, champion.

Swapnil flatte Mammouth derrière les oreilles pour le calmer.

— J'ai déjà été malade comme toi. J'avais mangé du *massé*… du poisson pas frais.

Mon ami se masse l'estomac en ajoutant :

— Hou youyouille… j'ai eu mal au *pôt* !

— Et toi, jeune coquin, tu t'es laissé tenter par des crêpes au sirop, me reproche Léo en me chatouillant les pieds.

— J'en ai à peine mangé quatre...

— La quantité n'est pas le problème, champion. C'est la qualité ! Moi, Léo Laforêt, j'ai déjà englouti deux douzaines de *malpouas*. J'ai même vidé le seau de sirop. Mon sang était si sucré que, quand je transpirais, les abeilles venaient boire mes gouttes de sueur. Imagine un peu le miel qu'elles ont fabriqué !

Sceptique, je marmonne :

— Là, t'exagères...

— Non, mon garçon. Ce n'est pas la bergère. C'est l'apiculteur qui fabrique le miel.

Je serre les mâchoires pour ne pas rire. Quand grand-papa entend mal, c'est souvent très drôle, mais je ne veux pas qu'il le sache. Être à moitié sourd, il n'y a rien de comique là-dedans.

— J'ai mangé des *malpouas*, moi aussi, et je suis en pleine forme.

Pour le prouver, Swapnil empoigne Mammouth et le soulève du sol. Je siffle d'admiration. Les bras de Swapnil sont plus maigres que des baguettes de bois, mais ils sont musclés comme ceux d'un lutteur.

Grand-papa se gratte la tête sous son chapeau d'un air absorbé.

— Si je vous comprends bien, les intrépides, il faut chercher ailleurs la source de cette maladie. Une si forte fièvre n'apparaît pas sans raison.

— La malédiction... murmure Swapnil.

— Impossible ! dis-je à voix basse. Nous l'avons éliminée.

Avant ma maladie, Swapnil et moi avons combattu l'esprit vengeur des Rabaris. Unis par la même détermination, nous avons triomphé de ce mauvais sort qu'une tribu de nomades du désert nous avait jeté.

Au souvenir de cette aventure héroïque, je reprends des forces et déclare :

— Grand-papa, j'ai trouvé une piste !

Léo m'aide à me redresser. Accroupi sur ses talons, Swapnil s'est assis à la manière indienne. Quel acrobate ! Je n'ai toujours pas réussi à garder mon équilibre dans cette position.

— Alors, raconte, champion ! As-tu avalé la queue d'un scorpion pour te rendre aussi malade ?

J'avoue :

— Après mes crêpes, j'avais très soif. J'ai bu du lait de chamelle.

Sous le lit, j'entends un claquement de langue. Ce gourmand de Mammouth est aux aguets.

— Excellent, Abel ! C'est rempli de vitamines. Les chamelons en boivent des litres et ils courent comme des gazelles.

— Sauf que... des mouches mortes flottaient sur le dessus.

À ces mots, Léo change d'air. Mammouth gémit. Pour me défendre, je riposte :

— Ici, on cuit bien le riz sur un feu de crottes de vache ! Je me suis dit que cinq, six mouches poilues n'étaient pas dangereuses.

Grand-papa met sa main sur mon épaule.

— Je suis fier de toi, mon Tigron. Tu oses ! Moi-même, j'ai déjà dégusté en entrée des vers de farine roulés dans la graisse de bacon. Mais les mouches... on ne sait jamais où elles ont posé leurs pattes avant d'atterrir dans notre assiette.

— *Adjoba* ?

Grand-papa se tourne vers Swapnil.

— Le lait était peut-être trop vieux. Il fait très chaud dans le *haveli*.

— Peut-être...

Satisfait de ses déductions, Swapnil me sert un de ces larges sourires dont il a la spécialité.

— Mouches ou pas, tu m'as donné une frousse terrible ! Tu étais brûlant comme le désert en plein midi. Tu délirais, tu parlais à tort et à travers...

— Justement, j'ai vu un...

Léo ne m'entend pas et continue sur sa lancée :

— La dernière fois que j'ai eu une telle fièvre, j'étais en Équateur. Je bouillais tellement qu'aux alentours on a cru que le volcan Sangay avait explosé. BRRRRaoum ! Pétawf ! PiTISSSCH !

Léo fait courir ses doigts à toute vitesse sur le dos de Swapnil. Surpris, mon ami tombe sur les fesses. Je pouffe

de rire. Aujourd'hui, grand-papa bat des records. Un record de bonne humeur ! Je me demande ce qui le rend heureux comme ça.

— Toi… toi, mon valeureux Tigron, tu n'as pas seulement eu une fièvre de cheval. Non ! Tu as hurlé, sauté, gigoté comme une couleuvre des marais. Et tu t'es défendu. Un chevalier contre une horde de dragons n'aurait pas mieux combattu. Quelle force, mon Abel ! Quelle énergie ! Du pur sang de Laforêt !

Ému, grand-papa dépose sa main sur son cœur en me jetant un regard attendri.

— Tu as tellement donné de coups de pied que Swapnil est couvert de bleus.

— QUOI ?

Je dévisage mon ami. Il prend un air désolé et hausse les épaules.

— *Adjoba*, je ne voulais pas en parler.

— Au contraire, il faut en parler.

Léo pose ses mains de géant sur la tête de Swapnil.

— Ton ami est le plus *dayalou*... le plus aimable des garçons de ce pays. Il t'a veillé pendant trois jours. Il n'a mangé que quelques miettes de *chappati*. Et il n'a pas crié quand tu lui as envoyé ton poing en pleine figure !

— HEIN !

Saisi, je m'étouffe avec ma salive.

— Ressssspire à fond, Abel. Bon... du calme... C'est une blague !

Léo reconnaît cependant que je suis l'as du coup de pied. Swapnil me montre ses marques sur la cuisse. Certaines ont la taille d'une orange. Je suis mal à l'aise. Dans mes cauchemars, je me débattais. Je ne pouvais pas imaginer que je gigotais pour vrai.

Dans un soupir, je dis :

— As-tu très mal ?

— Oublie ça, *tikké* ? Quand je joue au cricket, je reviens avec des bleus gros comme des... *nârals* !

Et pour me rassurer, Swapnil me tend sa paume ouverte. Soulagé, j'y fais claquer ma main en signe d'amitié. Au même moment, une vieille femme entre dans la chambre.

— Enfin, vous voilà, Sushmita ! s'exclame grand-papa.

La servante regarde par terre, intimidée par cette voix de tonnerre. Elle porte un gros anneau doré dans la narine et des bracelets jusqu'aux coudes. Les femmes du Rajasthan raffolent des bijoux. Maman aussi d'ailleurs...

Dans un nuage de parfum d'encens, Sushmita dépose un bol devant moi, puis elle se retire après avoir fait le salut traditionnel, ses mains jointes sur sa poitrine.

— Cette soupe légère va te requinquer, champion.

Le bol en métal est rempli d'un liquide transparent un peu jaune. Mon ventre émet aussitôt un profond gargouillis.

— Quel son merveilleux ! se pâme Léo. C'est signe que tu reprends du mieux.

La truffe frétillante, Mammouth sort de son repaire. Les mains serrées autour de mon bol, je lui signifie mon droit de propriété par un non ! catégorique. Désappointé, le chien appuie sa gueule sur le matelas.

— Sachez, mes intrépides, qu'au cours de mes nombreux périples j'ai souvent eu l'estomac dans les talons. Un soir que j'escaladais les montagnes...

Fixant Léo, Swapnil se rassoit. Il raffole des histoires d'*adjoba*.

— ... les montagnes de l'Himalaya et, alors que mes crampons de
métal mordaient un piton rocheux,
mon ventre s'est déchaîné. Il a gar-
gouillé si fort que l'écho a répété sa
plainte par-delà les montagnes. Vers
l'est ! Vers l'ouest ! L'écho rebondis-
sait sur les pics enneigés et, moi,
j'avais encore plus faim.

— As-tu trouvé quelque chose à
manger, *adjoba* ?

— Non, mon jeune. Je me suis
même cassé une dent en croquant
une roche qui avait la forme d'un
pain *nan*. Regardez !

Léo ouvre grand sa bouche pour
nous montrer sa dent cassée, mais
son gros doigt nous empêche de voir.

— Fatigué, affamé, je me suis
couché, poursuit-il, mon hamac sus-
pendu au-dessus du vide. Pendant la
nuit, une clameur m'a réveillé. Sortant

la tête de mon sac de couchage momie, j'ai eu le souffle coupé.

— C'était le bruit d'une avalanche ?

— Non, mon Tigron. Sous mon hamac, à une quinzaine de mètres plus bas, des centaines de flambeaux éclairaient mon bivouac.

— Oooooh ! nous exclamons-nous à l'unisson.

À grands gestes, Léo nous décrit la scène :

— Venant du Bhoutan par l'est et du Népal par l'ouest, de courageux paysans, alertés par l'écho, m'apportaient des vivres. La chaleur de leurs torches était si vive que mon hamac en a fondu !

— Ton sac de couchage, lui ?

— PAW ! Il s'est fendu comme une coquille d'œuf !

— Et après... s'impatiente Swapnil, les yeux ronds comme des billes.

— Après, tu dis... Eh bien, je suis parti en vol plané vers le sol !

— Avais-tu un parachute ?

Grand-papa ignore ma question pour annoncer d'un ton grave :

— Croyez-moi, les intrépides, je pensais ma dernière heure arrivée. En un éclair, j'ai revu tout ce qui donne bon goût à la vie : pépites de chocolat, oursons en gelée, fraises en guimauve, sucettes à la cerise ! Quand, tout à coup... ô merveille ! une gigantesque couverture s'est dépliée et j'ai atterri en douceur au beau milieu des visages souriants des paysans.

J'accueille la nouvelle avec joie.

— Nous avons fêté, dansé et mangé jusqu'à l'aube. On m'a servi une soupe délicieuse. Un bouillon fait de poils de yack hachés menu et de plumes de perdrix choukar. C'était une soupe limpide aux arômes fins et d'une délicate teinte jaunette.

Le cœur au bord des lèvres, je jette un coup d'œil à mon bol de bouillon. Transparent, jaunâtre... en tous points identique à la description de Léo. Yaaark ! Déjà que je me suis empoisonné avec du lait de chamelle pourri, je ne vais pas m'achever avec du jus de yack velu. Discrètement, je déplace mon bol et, tandis que grand-papa confie à Swapnil les secrets de la cuisine himalayenne, je l'offre à la poubelle ambulante. Mammouth lape la potion jaune en trois coups de langue.

— Bien entendu, conclut mon grand chef, ce mets n'est apprécié que des fins gourmets. Pour toi, mon Tigron, j'ai demandé à Sushmita un bouillon de poulet.

— Du poulet ?

— WOUF ! me répond Mammouth, les oreilles droites.

— *Ho* ! acquiesce Swapnil. Je suis allé le choisir avec Naresh, le garde du corps du maharadja. Comme mon oncle est boucher, j'ai l'œil !

Fier, mon ami lève le pouce pour me certifier sa compétence.

— Ah ! mais tu l'as déjà tout bu. Fantastique !

— Non, euh... c'est Mammouth qui...

Grand-papa fronce les sourcils.

— Tu as donné ma soupe au chien ?

Je baisse les yeux, conscient de ma gaffe.

— Quelle générosité, champion ! Quelle grandeur d'âme ! Mammouth t'a veillé durant trois nuits. Mon adorable petit poussin noir, ajoute Léo et il embrasse le front du gourmand.

Ah ! Je comprends pourquoi mes mains empestent la bave. Mammouth en a profité pendant que j'étais incapable de me défendre. Mes yeux fusillant la bête, je marmonne :

— Sale joueur de mauvais tours !

— Bien sûr que je vais aller faire un tour ! rétorque Léo, offusqué. Ne sois pas impoli avec ton grand-père, fiston. J'ai deviné que Swapnil et toi aviez des choses à vous raconter, mais il y a la manière de le dire. Ta maladie n'excuse pas tout.

La tête haute, grand-papa quitte la pièce avant que j'aie pu placer un mot.

— Quand *adjoba* entend mal, il est aussi chatouilleux que ma *bahïn*... ma sœur Trupti, laisse tomber Swapnil avec un sourire malicieux.

Du coup, j'imagine le géant Léo avec de longs cheveux noirs et une robe vert lime à volants. J'éclate de rire, mais je me force un peu, car le cœur n'y est pas. À vrai dire... je m'ennuie. Ma maison me manque.

Quand je suis malade, c'est toujours maman qui s'occupe de moi. Et quand, petit, je rêvais à des monstres, c'est elle qui me rassurait... Je soupire. Grand-papa et Swapnil font leur possible, sauf que... Bout de comète ! Je me sens loin de chez moi dans ce *haveli* de Jaisalmer.

-4-

Des nouvelles
de l'autre monde

En attendant le retour de grand-papa, je feuillette ma précieuse encyclopédie. Swapnil et moi admirons les photos du palais des Vents à Jaipur, de la foire de chameaux à Pushkar, des canons du fort de Jaisalmer. Partout, des hommes aux turbans écarlates et à la longue moustache tortillée fixent l'objectif d'un regard de conquérant.

Des fourmis dans les jambes, je déclare :

— Finie, la paresse ! Je ne suis pas venu au Rajasthan, pays des farouches guerriers rajpouts, pour passer mes vacances au lit.

D'un geste volontaire, je referme mon livre et me lève aussi vite qu'un soldat à l'inspection. Un voile noir passe devant mes yeux. D'instinct, j'attrape l'épaule de Swapnil.

— *Kassa ahé* ? Es-tu étour... étour...

— ... di ? Non, non, je suis fort comme un tigre. Partons à l'aventure !

— Vers où ?

Je pose ma main sur la tête de Mammouth qui frétille à l'idée d'aller en excursion.

— Loin de ces quatre murs... En avant pour la cuisine !

Soutenu par Swapnil, j'arrive à me déplacer. Je n'ai plus la nausée. Seule une faim terrible me tord les boyaux. Je rêve d'une immense assiette de spaghetti aux boulettes.

Des bouts de planche et des pots de peinture vides jonchent le plancher du couloir. Le *haveli* dans lequel nous habitons est en rénovation. C'est courant dans la ville ancienne de Jaisalmer. Dès le Moyen Âge, les caravanes de chameaux passaient par la cité du désert et il se faisait beaucoup de commerce. Les marchands de l'endroit ont bâti de luxueuses demeures avec tout plein de recoins. Un *haveli*, c'est une vraie maison-labyrinthe. La demeure achetée par l'ami de grand-papa tombe en ruine, mais le maharadja Subbash Karanjia la rénove pour la transformer en hôtel.

Avec soulagement, j'aperçois l'entrée de la cuisine. J'entends grand-papa parler d'une voix forte. Il dit :

— Une vilaine fièvre… Non, ce matin, il va mieux. Bien sûr, ma marguerite sauvage…

Ma marguerite ?… HÉ !

— Swapnil ! Léo parle avec ma mère au téléphone.

— Chanceux !

Excité, je fais un pas quand j'entends :

— Oui, je vais aller le chercher... mais surtout, pas un mot sur sa maladie.

Je m'arrête, intrigué. La conversation se poursuit :

— Tu sais, si Abel voit que tu t'inquiètes, il va s'ennuyer davantage.

Je m'avance un peu.

— Ton fils est un battant, comme nous tous, les Laforêt ! Et c'est l'un des meilleurs. Abel a besoin de toutes ses énergies pour remonter...

J'entre dans la cuisine, appuyé sur l'épaule de Swapnil. Le visage de grand-papa s'empourpre. Léo se met à bredouiller :

— Oui, pour remonter... remonter les marches... jusqu'à la terrasse de la forteresse. Ce matin, Abel a couru la distance plus vite encore qu'une *chinkara*… Quoi ?… Oui, une gazelle du désert.

Léo cache le combiné avec sa main et m'interpelle :

— Vite, champion ! C'est ta mère. Elle vient d'appeler, juste à l'instant.

Grand-papa ajoute dans le téléphone noir :

— Je te le passe, ma pivoine rose. Une petite minute… Il est à l'autre bout du couloir.

Nullement gêné par ses mensonges, Léo cache de nouveau le combiné et murmure en m'asseyant par terre :

— Surtout, ne parle pas de ta maladie. Ta mère va se tourmenter pour rien. Elle risque d'ameuter les autorités et d'exiger qu'un avion des forces armées canadiennes vienne te chercher. La cité est vieille et s'effrite un peu plus chaque jour. Si un chasseur atterrit ici, Jaisalmer va s'effondrer. Et je ne veux pas avoir ce désastre sur la conscience jusqu'à la fin de mes jours. Alors, pas un mot sur tes bobos. Compris, Abel ?

À force de côtoyer Swapnil, qui prend toujours la vie du bon côté, j'ai appris que, parfois, il vaut mieux suivre le courant que s'essouffler à lutter contre lui.

— *Atcha* ! dis-je, prêt à jouer le jeu.

Mon ami s'assoit devant moi, très intéressé. J'imagine qu'il se demande comment je vais me débrouiller. Bout de comète ! Pas facile de respecter un pacte de silence. Voilà une épreuve digne d'un valeureux Tigron étoilé comme moi !

Le cœur battant, je prends le combiné des mains de grand-papa.

— Allô, maman.

Une voix lointaine où perce déjà l'inquiétude me répond :

— Abel ? C'est toi ? Tu ne parles pas fort. Est-ce que...

Je reprends avec plus d'assurance :

— Maman, je vais bien.

Oups ! Ça commence mal. Déjà, je parle de ma santé.

— Comment vas-tu, mon beau garçon ?... Oh ! c'est vrai, tu viens de me le dire. Euh... As-tu encore m... Non, euh... Est-ce qu'il fait... euh... chaud en Inde ?

— Très, très chaud, maman.

— Mets-tu ton chapeau ?

— Tous les jours. J'ai même un turban.

— De quelle couleur ?

Je vois bien que maman voudrait me parler de ma maladie, mais comme grand-papa le lui a interdit, elle me pose des questions idiotes. Moi aussi, je voudrais me confier à elle, sauf que Léo me l'a défendu. En plus, je sais qu'elle sait, mais elle ignore que je sais qu'elle sait. Franchement ! Cette fois, mon grand chef complique le défi au possible.

— Abel... es-tu là ?

— Oui, il est orange vif.

— Quoi ? Qu'est-ce qui est à vif ? Pas ton nez, j'espère ?

— Non, mon turban.

— Appliques-tu de la crème solaire tous les matins ?

— Euh...

J'hésite à répondre. Je me gratte le nez et la peau lève par lambeaux. Dans le désert, il est facile d'attraper un coup de soleil. Si j'en parle à maman, elle va se tracasser. Comme elle est au courant de ma fièvre de cheval, elle aura une raison de plus de se tourmenter et elle ne dormira pas tant que je serai en voyage. Quand je reviendrai au Canada, j'apprendrai qu'elle est à l'hôpital parce qu'elle s'est épuisée à m'attendre. Aaaaahhh ! Je ne sais plus quoi dire !

Swapnil m'observe, son sourire lui dévorant la moitié du visage. Lui, il s'amuse.

Finalement, je réponds :

— J'entends mal, maman. Qu'est-ce que tu disais ?

— Te laves-tu tous les jours ?

— Tous... les... jours ?... Je crois que oui.

Je grimace. Je commence à avoir de plus en plus chaud à force de naviguer parmi ces demi-vérités. Maman enchaîne :

— Ton caleçon ?

— QUOI, mon CALEÇON ?

Devant mon air ahuri, Swapnil éclate de rire. Bout de comète que c'est gênant quand les mères parlent de nos sous-vêtements !

— Fiston, sois plus gentil avec ta mère, dit une voix masculine à l'autre bout du fil.

— Papa ! Tu es là, toi aussi ?

— Évidemment !

Embarrassé, je dis :

— Je voulais être certain d'avoir bien entendu. J'ai peut-être répété un peu trop fort.

— Pas grave, mon grand. Attends seulement une minute. Nos oreilles sont tombées par terre, on les ramasse.

Oh ! que je suis content d'entendre papa faire des blagues !

— Ta mère voulait savoir si tu pensais à mettre un caleçon propre avant d'aller au lit.

Un caleçon propre ! Pffft ! En plein désert...

J'explique à contrecœur :

— Ici, il n'y a pas toujours de l'eau pour laver mon caleçon, mais rassure-toi, maman. Au moins, je le tourne à l'envers.

Un claquement sec me fait relever la tête. Hoquetant de rire, Swapnil se tape dans les mains. Voyons, qu'est-ce que j'ai dit ?

Ma mère insiste :

— Ton grand-père doit veiller sur t... euh... veiller à ce que tes vêtements soient propres. Vas-tu lui en parler ?

— *Baghou…* On verra, maman.

Tout à coup, le combiné du téléphone me paraît lourd. De la sueur perle sur mon front. Je n'ai pas mangé depuis trois jours et le bouillon que Sushmita surveille sur le réchaud libère un fumet invitant. Mon ventre réclame à grands cris une récompense.

La conversation avec mes parents ayant épuisé mes dernières réserves, j'annonce à regret :

— Maman, papa, je dois vous quitter.

— Déjà ? s'exclament-ils en chœur.

— Oui, le repas est prêt.

— Bon, euh... au revoir, Ab...

— Hé ! Une minute !

Grand-papa me lance un regard interrogateur. A-t-il peur que je rompe notre pacte de silence ?

J'ajoute dans un souffle :

— Maman, dors bien, pas de monstres, pas de grosses bêtes, et papa, veille sur maman. *Tchèlo bye* !

Je raccroche d'un geste brusque, la tête pleine des mots que j'aurais voulu dire.

-5-

Un pays de défis

Mon bouillon parfumé me redonne des forces. Au fond du bol est resté un drôle de petit bout de bois avec une couronne à l'une de ses extrémités. Sushmita m'aurait-elle servi une potion de sorcière ? Du bout des dents, je grignote la minuscule branche. Mammouth salive, son museau dans mon cou.

— Bravo, champion, m'encourage grand-papa. N'arrête pas, mâchonne ton clou !

— Un CLOU ? Pouah !

Et je crache la chose sur le plancher.

— *Té vayit ahé*, dit Swapnil.

— Pardon ?

— Ce n'est pas bien, traduit Léo. Un peu de tenue, mon Tigron ! Que va penser Sushmita si tu te débarrasses ainsi de sa nourriture ?

Froissé par leurs remarques injustifiées, je m'écrie :

— Chez moi, j'ai déjà trouvé une vis dans un sac de frites et je l'ai jetée. Ce n'est pas parce que je suis en Inde que je vais me mettre à manger des clous !

L'index en l'air, grand-papa rétorque d'un ton savant :

— Ce cher clou... de girofle ! Bouton des fleurs du giroflier utilisé comme épice. Lors de mon expédition dans l'Himalaya, j'ai rencontré un moine bouddhiste. Ce grand sage de Khandong m'a révélé un secret.

— Mon frère Lalit dit que les moines peuvent flotter dans les airs. Est-ce que c'est vrai, *adjoba* ?

— Certainement !

Les yeux de Swapnil s'écar-
quillent.

— Mon jeune, quand les moines
prennent l'avion, ils flottent aussi
bien que nous.

Je pouffe de rire. Pour une fois que
ce n'est pas moi qui me fais attraper
par les blagues de Léo...

Devant l'air dépité de mon ami,
grand-papa se penche vers lui et,
d'une voix réconfortante, il précise :

— Le secret de la lévitation, le
sage de Khandong ne me l'a pas dit,
mais si tu grimpais là-haut, peut-être
qu'à toi, âme courageuse et sensible,
il le révélerait. Et tu pourrais planer
au-dessus du désert comme un aigle
ravisseur.

Swapnil retrouve son sourire,
l'esprit habité par de grands espaces.
Mystérieux, Léo plonge son regard
dans le mien.

— Ce moine m'a parlé d'un très ancien manuscrit.

— Contient-il des formules magiques ?

— Assurément, champion, car on peut y lire...

Il fixe Swapnil à son tour.

— ... que le clou de girofle...

Suspendus à ses lèvres, nous attendons la suite.

— ... fait tomber la fièvre !

— Ah ! c'est juste ça !

— Bout de comète, Abel ! En pleine nuit, j'ai couru au marché pour aller acheter du clou. J'ai réveillé la marchande d'épices. Ses triplets se sont mis à pleurer. Fâché, son mari a voulu me tailler les oreilles en pointe. Son frère, le marchand de graines, m'a rempli les poches avec des tonnes de pois secs et leur cousin, le tailleur, m'a enfilé une jupe rose sur la tête. Mais, pour toi qui brûlais de fièvre, j'ai tout enduré, même le coup de poêle à frire de la grand-mère sur le gros orteil !

Froissé, grand-papa se croise les bras et me tourne le dos. Je ne pensais pas que je lui avais créé autant d'inquiétude. Au moins, sa réaction m'a ouvert les yeux. C'est incroyable comme on se ressemble ! De vrais feux d'artifice ! Parfois, on dirait que grand-papa a le même âge que moi.

Pour amadouer mon sauveur, je demande à Sushmita un autre bol de bouillon et je récupère dans le chaudron tout ce qui reste de clous de girofle. Solidaire, Swapnil en grignote quelques-uns lui aussi. Appuyés contre le dos de Mammouth, nous dégustons avec des claquements de langue et des mioummm de plaisir. Grand-papa nous jette un coup d'œil mais, encore bouduer, il continue à fixer le mur.

En soupirant, je me confie à mon compagnon :

— L'Inde, c'est vraiment un pays de défis. Un Tigron étoilé n'a jamais de repos ici. Toujours, je dois avancer dans un monde inconnu. Il m'arrive tellement de choses étranges. Parfois, ça me fait comme un rêve... comme le monstr...

— C'est mon nom.

— Quoi ? Le monstre ? On te surnomme le monstre !

— *Noko*. Mon nom, Swapnil, veut dire... comme un rêve.

Surpris par cette révélation, je reste coi, puis une question de la plus haute importance jaillit dans mon esprit :

— Grand-papa ! Mon prénom, qu'est-ce qu'il veut dire ?

Heureux que je fasse appel à lui, Léo se déride. Il ouvre la bouche pour me répondre quand, soudain, une

bête surgit dans la cuisine. AAAH !
Un gros rat ! Je me relève. Mammouth
se redresse. Swapnil s'écarte. La bête
se faufile entre les jambes de Léo.
Elle fonce vers moi. WAAAAA !
Tétanisé par la peur, je me fige. Elle
s'arrête, son regard noir s'accrochant
au mien. Du poil gris fer, une tête
pointue... C'est le monstre ! Le monstre
de mon cauchemar ! Il s'élance vers
moi. OUAAAAHHH ! Affolé, je
saute sur un bidon d'eau.

-6-

Tapkiri

Perché sur mon bidon, je tremble comme une brindille au vent. À un mètre au-dessus de moi, la bête sauvage me dévisage. Elle m'observe, la tête en bas, agrippée à un tuyau qui monte vers le plafond.

— Attends, elle va rrredescendrrre, lance une voix nasillarde.

Je me retourne. Un homme, tout habillé de blanc, vient d'entrer dans la pièce. Naresh, le garde du corps au turban rouge, l'accompagne.

— *Bapou* ! s'exclame grand-papa.

Hein ? C'est le maharadja Karanjia, le bon ami de Léo. Il ajoute avec son fort accent indien :

— Que fait ton petit-fils juché surrr ce rrréserrrvoirrr ? Et qu'a-t-il à trrrembler ainsi ?

Léo m'invite à grimper sur son dos tout en répondant :

— Tu ne chauffes pas assez ta grosse baraque ! Mon pauvre Abel a froid, qu'est-ce que tu penses ?

La compassion de grand-papa me réconforte. Je l'aime tellement quand il agit comme si de rien n'était. Le maharadja Karanjia rit de bon cœur, ses mains couvertes de bagues posées sur son bedon. À cette heure-ci, la chaleur de Jaisalmer est si intense qu'on pourrait faire cuire un steak sur les pavés des ruelles.

— Tu as rrrencontrrré Tapkirrri, mon garrrçon ?

Mettant pied à terre, je répète, étonné :

— Tapkiri ? Qui est...

— Cette coquine de mangouste,

répond Subbash Karanjia. Allez, ici, Tapkirrri !

Une mangouste ? La bête, aussi agile qu'un singe, saute sur le sol et court se cacher sous un panier renversé. Peu rassuré à la vue de ses pattes griffues, je reste sur mes gardes. Swapnil, lui, se tient à l'écart, la tête baissée. Je l'interpelle :

— Est-ce qu'il y a une tache sur le plancher ?

— *Noko, noko.*

— Eh bien, quoi ? Tu comptes les mouches ?

— Je n'ai jamais vu de maharadja, souffle-t-il, gêné. Je me sens tout *tchotta*… tout petit.

Le malaise de Swapnil me surprend un peu. Il est vrai qu'au Canada les maharadja, ça n'existe pas. Pour moi, Subbash Karanjia est simplement un ami de grand-papa qui a été assez gentil pour m'inviter dans son pays.

Depuis longtemps, Léo me parlait de son ami *Bapou*, sans que je réussisse à le voir. Quand nous sommes arrivés dans son *haveli*, Subbash, qui devait nous accueillir, était même déjà parti pour Varanasi. Pour moi, le maharadja ressemblait comme deux gouttes d'eau à un courant d'air. Mais le voilà, enfin ! Il est d'ailleurs plutôt impressionnant avec son turban émeraude et sa longue veste blanche aux boutons dorés. Évidemment, comme le dit grand-papa, même un maharadja doit gagner sa croûte de nos jours, mais pour mon ami Swapnil, Subbash Karanjia demeure un personnage important. Un prince hindou descendant d'une lignée d'hommes puissants et respectés.

— Léo, j'en ai entendu une bonne à Mandawa, lance Subbash en posant son bras sur les épaules de grand-papa.

— Ton aller-retour s'est bien passé, alors ?

— Oui, oui... Écoute plutôt. Quel est le nom de la cité dans laquelle on ne peut pas entrrrer ?

Léo se gratte la tête sous son chapeau de cow-boy.

— Une cité où on ne peut pas... Une ville fantôme, peut-être ?

Le maharadja hoche la tête. Grand-papa réfléchit encore.

— *Bapou*, je donne ma langue au chat.

— La rrréponse est... Électrrri-cité !

Les deux amis s'esclaffent. Swapnil, lui, n'en revient pas. Il ne pensait pas qu'un maharadja pouvait aimer les blagues. Léo et Subbash s'amusent si fort que, dans un geste ample du bras, grand-papa tape sur le turban de son compagnon et l'expédie sur le sol. Le maharadja cesse de rire d'un coup sec. Son visage se durcit et il toise avec défi mon grand-père.

Swapnil me chuchote à l'oreille :

— Faire tomber un turban est une insulte.

Naresh, le garde du corps, regarde Léo d'un œil mauvais. Je retiens mon souffle. Une guerre vient-elle de se déclarer ? Grand-papa ramasse le turban avec précaution. Solennel, il le replace sur la tête du maharadja en disant :

— Trois hommes sont sous un parapluie et ils ne sont pas mouillés. Pourquoi ?

Subbash répond sur le même ton :

— Parrrce qu'il ne pleut pas !

Tous les deux pouffent de rire et ils se tombent dans les bras. Léo bafouille :

— Cet.. cette bla-blague, tu la connaissais ?

— Évidemment, je l'ai lue surrr Interrrnet !

Et, pour le taquiner, le maharadja donne une tape sur le chapeau de grand-papa qui se rabat sur son nez. Il m'annonce :

— À prrropos, jeune homme, Tapkirrri la mangouste, elle est pourrr toi. Qu'en dis-tu, Léo ? C'est un beau cadeau, non ?

— Oui, oui, ça va, pas de bobo... ni sur le front. Merci de t'en inquiéter.

— Ha, ha ! toujourrrs le mot pour rrrire, ce Laforrrêt ! Viens, allons au petit salon.

Mammouth sort le premier, pressé qu'il est d'aller s'étendre sur des piles de coussins. Sans attendre, la servante met l'eau à bouillir pour le thé.

Ma gorge devient toute sèche. Ai-je bien entendu ? Un cadeau pour moi... cette bête sauvage ? Si je refuse son présent, Subbash va-t-il se fâcher ? Une colère de maharadja, c'est sûrement pire qu'un ouragan.

Pourvu qu'il ne règle pas ses querelles à coups de sabre. Dans les temps anciens, certains princes se vengeaient en faisant écraser la tête de leur ennemi sous la patte d'un éléphant. Brrr... Rien de rassurant...

-7-

Un bolide
à la cannelle

Tandis que Sushmita part servir le thé dans le petit salon, Swapnil me dit :

— Tu es chanceux, Abel.

— Tu trouves ?

— *Ho* ! acquiesce mon ami. Tapkiri te sera très utile. Une mangouste peut manger des rats, des scorpions...

— Il n'y a rien de tout ça chez moi !

— Alors, tu es encore plus chanceux, *maïza mitra*.

Swapnil s'approche du panier d'osier sous lequel Tapkiri a trouvé refuge. Seul un petit bout de sa longue queue grise dépasse.

— À Pondichéry, mon cousin Dilip avait une mangouste. Elle était très gentille.

— Gentille, cette bête pleine de griffes ?

Swapnil fronce les sourcils.

— De quoi as-tu peur ? C'est elle, et pas toi, qui est cachée sous le panier.

Je réplique du tac au tac :

— Elle attend seulement que je lui tourne le dos pour me sauter dessus.

Mon ami pose sa main sur mon bras et, sérieux, il déclare :

— Tu as besoin de te reposer. Tu vois des monstres partout.

— Crois-moi ! Tapkiri m'en veut ! Quand j'étais malade, elle a grimpé sur mon lit, elle s'est jetée sur mon cou. J'ai cru qu'elle allait me dévorer.

Swapnil sourit.

— *Atcha* ! Elle voulait juste s'amuser. Tapkiri n'est pas complètement appri... apprivoi...

— ... apprivoisée ?

— *Ho* ! Le maharadja est revenu de Varanasi avec une grosse boîte. Quand il l'a ouverte, Tapkiri a sauté sur ton lit. Elle avait hâte de te voir.

Swapnil s'accroupit et gratte le dessus du panier avec son index. La queue touffue se met aussitôt à l'abri. Mon ami recommence son manège. Une patte étroite avec de longues griffes sort de la cachette. Swapnil murmure :

— Envoie-lui ce bout de papier...

Je ramasse sur le sol un vieux papier et le roule en boule. Je lance la boulette vers le panier. Rapide, la patte grise attrape le papier et le passe sous le panier. Je recommence avec une autre boulette. Cette fois, deux pattes surgissent en même temps, le panier tressaute, j'aperçois un museau rose et la cachette se referme.

— Coquine ! Tu aimes jouer comme Castor, le chat de mon cousin.

Pour attirer Tapkiri, je pianote sur le plancher. Le panier tressaille. Une tête effilée et des oreilles rondes apparaissent. Deux petits yeux noirs fixent ma main d'un regard intelligent. J'avance ma main par sauts. Du coup, Tapkiri surgit de sa cachette. Elle renverse le panier, court vers le réchaud, bifurque vers une pile de boîtes, les contourne, fait tomber une cruche d'huile, saute sur le tuyau qui monte, grimpe, pousse un cri rauque, redescend et disparaît derrière le bidon d'eau. Bout de comète ! Elle va plus vite qu'un bolide de dessins animés !

— On va la chercher, *tikké* ?

— *Tikké* !

Épaule contre épaule, mon ami et moi marchons en silence d'un pas souple de Tigron étoilé. Nous tendons l'oreille... Aucun bruit derrière le bidon d'eau. Tapkiri se serait-elle endormie ? En trois enjambées, nous touchons au but. Doucement, nous nous hissons sur la pointe des pieds. Hé oui ! Tapkiri est encore tapie derrière le bidon. Je me penche, j'étire le bras pour aller la...

— CRRIIIKKK ! lance la mangouste.

Tapkiri détale, bondit sur une tablette, se faufile entre des pots d'épices. Curieuse, elle s'arrête et plonge sa tête dans un bol. Tchchou ! fait la mangouste en éternuant. Pouf ! fait l'épice qui s'échappe en nuage au-dessus de nos têtes. Hmmm ! Ça sent bon la brioche dans toute la cuisine. Surprise, Tapkiri s'assoit sur ses fesses étroites, sa petite tête bronzée par la poudre de cannelle.

— Il faut qu'elle descende, murmure Swapnil. Sinon, Sushmita va
nous disputer. *Tchal*, Tapkiri, *tchal* !

La petite coquine aux allures de
belette ne quitte pas son poste d'ob-
servation. Elle en profite plutôt pour
nettoyer sa fourrure qui semble aussi
soyeuse que celle d'un chaton. D'une
voix ferme mais chaleureuse, je
l'appelle à mon tour :

— Viens, Tapkiri, viens !

À mon grand étonnement, la bête
m'obéit. Tapkiri saute sur le plancher
et part explorer une pile de sacs de
riz vides.

— Bravo, Abel ! me félicite Swapnil. C'est vraiment toi, son maître.

Fier de moi, j'essaie de retenir mon
sourire qui monte, qui monte... Un
peu plus et je crois que des bulles de
bonheur vont sortir de mes oreilles
et éclater en tintant comme des
clochettes. Je n'ai jamais eu d'animal

à moi et encore moins un animal qui m'écoute. Mammouth est le chien de grand-papa et il fait autant à sa tête qu'une souris dans une fromagerie.

Je réponds à Swapnil :

— Depuis que je suis un Tigron étoilé, j'ai appris à m'affirmer.

— *Ho* ! C'est important quand on veut devenir un chef.

Je suis distrait par un mouvement sur ma droite. Un sac de riz vide traverse la cuisine lentement.

— Tapkiri ! Sors de là !

Le sac accélère.

— Reviens ici !

Le sac file comme une flèche le plus loin possible. Je hausse les épaules.

— Grand-papa peut dormir tranquille. Je ne suis pas près de le remplacer.

— *Atcha* ! reconnaît Swapnil, ébloui par les prouesses de ma petite protégée.

— J'ai faim. Pas toi ?

— Toujours !

Dans l'étagère, je trouve des *chappatis* et un reste de boulettes qui trempent dans une sauce brun verdâtre.

— Du *dal bati*. On en a mangé hier soir. La sauce, c'est un curry de lentilles.

Je me mets à saliver. J'en ai assez des bouillons ! Un Tigron a besoin d'une nourriture d'homme pour devenir un grand guerrier.

Je m'assois par terre en déposant le bol de *dal bati* sur mes genoux. Un morceau de *chappati* dans la main droite, Swapnil et moi plongeons dans le plat et dégustons avec bonheur. Tout à coup, un petit museau frais vient me chatouiller le bout du coude. Dévorée par la curiosité, Tapkiri s'est enfin approchée de moi. Elle renifle mon bras, recule, prend son élan et

atterrit sur mon épaule. OH ! Je n'ose pas bouger. Tapkiri se dandine d'avant en arrière en cherchant son équilibre. Je serre les dents. Ses pattes griffues me malaxent la chair sans ménagement. Je pose ma main sur son dos pour la calmer. Tapkiri se détend. Sa tête effleurant ma joue, la mangouste reluque le bol de nourriture.

— WOUF ! gronde une voix dans mon dos. Wououf !

Dans l'embrasure de la porte, Mammouth le gourmand manifeste son mécontentement. Tapkiri se raidit. Je fusille l'intrus du regard. Pour une fois que j'étais tranquille...

— Mammouth est un champion, déclare Swapnil.

Je fais la moue. Mon ami veut toujours prendre la défense de la grosse bête.

— Penses-y, Abel, son nez est une vraie mine de *soné*... d'or. Sentir d'aussi loin du *dal bati*, c'est un record !

Je souris. Pour narguer le gourmand, je trempe un doigt dans la sauce et l'offre à Tapkiri. La mangouste renifle avec précaution le curry de lentilles.

— Waouououwouf ! se lamente Mammouth.

D'un pas lourd, le mastodonte vient vers nous, les babines frémissantes. Je pousse l'audace jusqu'à donner un morceau de boulette à Tapkiri. Mammouth sort les crocs. Oh, oh ! Suis-je allé trop loin ? Je veux rassurer ma protégée, mais mes doigts ne font qu'effleurer son pelage, car Tapkiri saute sur le sol.

— CRRIIIKKK !

Elle fonce vers Mammouth. Le chien, dix fois plus gros qu'elle, se fige. Tapkiri bondit, atterrit entre ses deux oreilles, court sur son dos jusqu'au bout de sa queue et s'élance vers une pile de conserves. Bing ! Bang ! BADABING ! La pyramide s'écrase. Acrobate, Tapkiri amortit sa

chute en roulant sur le plancher tel un hérisson en boule. Mammouth, la langue pendante, s'est transformé en statue. Soudain, il se secoue comme s'il sortait du bain, puis il déguerpit. Il se heurte à un barrage de jambes. Wouf ! Léo et Subbash s'écartent de la porte. Alertés par le bruit, ils avaient accouru.

Estomaqué, je leur demande :

— Est-ce que Tapkiri est allée à l'école de cirque ?

Les deux amis éclatent d'un rire tonitruant. Indifférente au remue-ménage, Tapkiri, bien assise sur une conserve, se gratte le museau avec une patte de derrière.

-8-

La danse
de la mort

La journée se passe à suivre Tapkiri dans tout le *haveli*. Grande exploratrice, elle s'en donne à cœur joie dans la maison-labyrinthe. Son plan est simple. Elle court, nous courons, elle se cache, nous la cherchons, elle se sauve, on court, elle court, elle grimpe, on la suit, on ne la trouve plus, elle pousse un cri, on la poursuit, elle se cache et ainsi de suite jusqu'au coucher du soleil. Après le souper, je retrouve avec bonheur mon lit que grand-papa a réparé. Je rêve d'une bonne nuit de sommeil, mais je n'ai encore jamais dormi avec une mangouste. Tapkiri ne connaît aucun répit ! Au moindre bruit, au moindre petit son, elle bondit hors du lit et court chercher d'où ça vient. Swapnil et moi finissons par nous endormir aux premières lueurs de l'aube.

— Debout, les intrépides ! clame grand-papa. Il fait soleil aujourd'hui.

Non, pas déjà... Je me cache la tête sous mon oreiller. J'entends tout de même Swapnil répliquer :

— *Adjoba*, il fait soleil à Jaisalmer depuis qu'on est arrivés.

— Raison de plus pour en profiter ! Du nerf, mes petites marmottes, insiste Léo en me pinçant les orteils.

Mammouth prend le relais en me léchant les chevilles de sa langue tiède et baveuse. YARK ! Je me redresse d'un bond sur mon matelas.

— On n'a pas fermé l'œil de la nuit, grand-papa. Tapkiri bouge tout le temps.

— Mon Tigron, tu es un coquin de paresseux. Aller mettre la faute sur une pauvre petite bête innocente qui dort comme un ange. Tttt, ttt, tttt ! Regarde-la, cette belle au bois dormant.

Je découvre l'endormie sous mon lit. Tapkiri a transformé mon t-shirt de la veille en nid douillet. Roulée en boule, elle respire profondément. Elle paraît si calme avec sa patte délicate posée sur son museau.

Swapnil soupire :

— Quelle comédienne !

— Non, mon jeune, rien à voir avec les hyènes... quoiqu'on en trouve aussi en Inde. Vous pourrez vérifier dans l'encyclopédie d'Abel.

— Oui, *adjoba* ! lançons-nous en chœur.

— Bravo ! Je reconnais là votre enthousiasme légendaire. Et de fringants garçons comme vous ont besoin de vitamines. Voici des pièces pour acheter des fruits.

Grand-papa nous fait signe de nous rapprocher. Il se penche et murmure :

— *Bapou* est le meilleur maharadja que je connaisse... mais il mange comme tous ses cousins réunis ! Il ne reste plus rien à la cuisine.

Léo dépose une poignée de roupies dans ma main.

— Partage avec ton ami, champion. De mon côté, je dois aller discuter des travaux du chantier avec Subbash. *Tchèlo bye*, les intrépides !

Mon grand chef quitte la chambre, Mammouth sur ses talons. Le gourmand doit avoir pris son petit-déjeuner car, sinon, il ne nous laisserait jamais partir seuls acheter des provisions. À moins qu'il ait peur de se retrouver face à face avec

Tapkiri sans la protection de son maître...

Après avoir trouvé mon chapeau, je demande à Swapnil :

— On emmène Tapkiri avec nous ?

— *Ho* ! Mets-la dans ton sac à dos. Ça lui fera une petite maison.

— Swapnil, tu es génial !

Je dépose délicatement ma mangouste au fond de mon sac. Épuisée par ses cabrioles de la veille, Tapkiri se laisse manipuler comme un jouet en peluche. Je garde le sac ouvert pour qu'elle puisse respirer, puis l'installe sur mon dos. Enfin prêts, Swapnil et moi marchons d'un pas alerte vers la sortie. Les travaux de rénovation ont repris dans le *haveli* et nous entendons coups de marteau, bruits de scie et éclats de voix.

La chaleur nous frappe quand nous sortons au grand air. Comme d'habitude, j'ai l'impression d'ouvrir la porte d'un four. Malheureusement, pas de bonne odeur de gâteau qui cuit. Un nuage d'essence brûlée assaille mes narines. Pouah ! Deux hommes en turban jaune nous dépassent sur une moto à coups de klaxon.

— As-tu vu ? Le charmeur de serpents est de retour.

Sa drôle de flûte dans la main, le garçon est assis devant son panier d'osier.

— Il est là depuis plusieurs jours, m'apprend Swapnil. Je pense qu'il attend Léo. Tu as été malade et *adjoba* n'est pas sorti. Le *sapéra* espère avoir des roupies comme l'autre fois.

L'adresse des charmeurs de serpents m'intrigue, leur courage aussi. Il faut avoir du sang de guerrier pour affronter de dangereux reptiles. Je n'hésite pas et je propose :

— *Tchèlo* ?

— *Tchèlo* !

Le *sapéra* nous reconnaît aussitôt. Il porte son *mourli* à sa bouche et, de l'autre main, soulève le couvercle du panier d'osier. Le cobra se dresse dans toute sa splendeur. *Wow* ! Il est encore plus effrayant que je ne l'imaginais. Ce jeune dompteur est un brave. Détendu, il joue de sa flûte pendant que le serpent à lunettes oscille dans le panier comme s'il dansait.

Je sens un mouvement dans mon dos. Les sons perçants du *mourli* ont réveillé Tapkiri. Toujours curieuse, la mangouste grimpe sur mon épaule. À la vue du cobra, elle pousse un cri rauque. RIKKK-TCHK ! Elle ne tient pas en place et tourne sur elle-même. Elle m'écorche la peau. Aoutch !

— Calme-toi, il n'est pas...

— CRRIIIKKK !

Tapkiri saute sur le sol. Surpris, le *sapéra* échappe sa flûte. Le cobra se retourne. Il fixe ma protégée.

— Tapkiri, ici !

La mangouste m'ignore. Elle fonce vers le panier en montrant les dents. Le serpent ouvre la gueule. Il déploie son capuchon et se recule. Il va la TUER !

— *Tchal* ! crie Swapnil.

Le cobra donne un coup de tête vers Tapkiri.

— ATTENTION !

Mon hurlement n'a aucun effet. Au contraire, Tapkiri se met à courir à toute vitesse autour du panier. Le serpent s'élance. Tapkiri l'évite. Elle saute au-dessus de lui. Il se recroqueville. Elle saute encore. Il projette sa tête sous son ventre, mais la mangouste bondit toujours plus haut. AU SECOURS ! Il faut arrêter cette bataille ! J'avance. Swapnil me rattrape par le bras. Je lui obéis, impuissant. Le cobra se déchaîne. Il donne des coups de tête, se tortille, attaque sans merci. Tapkiri court dans tous les sens. Elle s'élance dans les airs, pirouette, saute et saute encore. Puis, dans un ultime bond, elle s'abat sur le cobra, l'agrippe au cou et serre très fort avec ses petites mâchoires. Le serpent se débat, tressaute... et ne bouge plus. Les moustaches pleines de sang, Tapkiri dévore la tête de son ennemi.

Mon cœur bat à tout rompre, il tape dans ma tête comme sur un gigantesque *tabla*. Autour du panier se sont rassemblés des dizaines de curieux. Terrifié par la bataille, je ne m'en étais pas aperçu. Mon tambour intérieur se calme peu à peu. C'est à ce moment-là que je vois le visage bouleversé du charmeur de serpents. J'appelle Tapkiri :

— Viens, viens ici...

Le regard sauvage, la mangouste me dévisage. Elle renifle d'un bout à l'autre le cadavre du serpent, puis me rejoint. Je la prends dans mes bras. Le *sapéra* s'empare de son panier, bouscule les curieux et disparaît dans la ruelle.

-9-

À perdre haleine

Dans la petite cour du *haveli*, un oiseau chante, perché sur la grille. Assis à l'ombre d'un acacia, je me désole :

— Pauvre lui ! Tapkiri a tué son serpent.

Swapnil partage ma tristesse.

— C'est un grand malheur. Le *sapéra* ne pourra plus gagner de roupies.

Au soleil, Tapkiri fait sa toilette sur le sol poussiéreux. Le bout de son museau a retrouvé sa teinte rosée. Mon t-shirt, lui, est souillé par des taches de sang séché.

Je voudrais tant aider le garçon à la flûte. J'aimerais au moins lui dire que je suis désolé, mais j'ignore où il habite et grand-papa, qui pourrait m'aider, est introuvable. Chercher quelqu'un dans Jaisalmer n'est pas facile. Certaines familles n'ont pas de maison et vivent dehors. Elles ne possèdent qu'un bout de toile pour s'abriter. Pourtant, un Tigron étoilé doit toujours honorer ses dettes. Il doit persévérer, même s'il doit y passer toutes ses vacances.

— Qu'est-ce que tu en penses, Swapnil ? Puisqu'on n'a pas dépensé l'argent de Léo, on pourrait aller se promener aujourd'hui. On retrouve le charmeur de serpents...

— ... et on lui donne les roupies ! *Ho* ! Bonne idée !

Swapnil est vraiment le meilleur. Il devine mes pensées comme un magicien.

— Alors, tu n'as pas vu grand-papa ?

— *Noko*, je ne l'ai pas trouvé. Et toi ?

— Léo est sûrement quelque part avec Subbash. Il faut lui raconter ce qui s'est passé...

— ... et lui parler de notre projet !

Ragaillardis, nous bondissons sur nos pieds. L'idée de passer à l'action m'a ouvert l'appétit. Je dis :

— Quand je cherchais Léo, je suis allé à la cuisine. *Bapou* nous a tout de même laissé des bananes et des œufs.

Dans un grincement, la porte du *haveli* s'ouvre. Est-ce grand-papa ? Un gros museau noir apparaît et sent l'air avec précaution. Je sors les provisions des poches de mon sac à dos et donne un fruit à Swapnil. Empressé, Mammouth-la-Bête nous rejoint sans plus d'hésitation.

J'engloutis la moitié de ma banane d'un seul coup. Depuis ma maladie, on dirait que mon estomac n'a pas de fond. Swapnil reste songeur. Mammouth en profite pour lui voler une bouchée. Mon ami finit par dire :

— Je le savais qu'une mangouste pouvait tuer un serpent. Je n'y ai pas pensé. *Té vayit ahé...*

Malheureux, Swapnil baisse la tête. Je pose ma main sur son épaule et nous mangeons en silence. Cherchant de la compagnie, Tapkiri vient vers nous.

— Un peu de *kélé* ? lui propose mon ami.

Mammouth saute sur l'occasion et ouvre grande sa gueule. Pour ne pas faire de jaloux, Swapnil lui en donne aussi. Le mastodonte engouffre dans un claquement de langue le morceau de banane. Tapkiri grignote le sien avec application, puis elle me frôle le bras de sa fourrure soyeuse et pique une tête dans la poche de mon pantalon. Couché à nos pieds, Mammouth la surveille du coin de l'œil. Après avoir bondi sur les genoux de Swapnil, la mangouste renifle le sol, tourne un caillou, attrape un insecte, le croque. Finalement, elle tombe nez à nez avec les œufs que j'ai apportés de la cuisine. Swapnil me demande :

— Ils sont cuits ?

— Non, justement, je voulais te montrer un truc. Dans un guide de survie, j'ai lu que...

— *ARÉ* ! Elle a pris un œuf !

— Héééé !

Je m'étire pour récupérer mon butin, mais Mammouth se redresse et me bouscule. La petite voleuse m'échappe. Marchant à reculons, elle fait rouler l'œuf avec ses pattes griffues. Arrivée au mur, elle l'agrippe, le soulève et le projette entre ses pattes de derrière ! HEIN ? L'œuf s'écrase sur la pierre, au grand plaisir de ma petite voleuse qui lèche le jaune avec avidité.

Swapnil et moi tombons à la renverse.

— Ma mangouste est le plus grand génie du vingt et unième siècle !

Pour nous assurer que nous n'avons pas rêvé, nous donnons un autre œuf à Tapkiri. Le même manège recommence. Tel un journaliste sportif accroché à son micro, Swapnil commente la partie :

— Tapkiri saute sur le terrain. Elle monte vers le but ! Elle recule, le ballon entre ses pattes. Elle le lève dans les airs... et laaaaance ! *HO* ! C'est le BUT !

Nous applaudissons à tout rompre. Mammouth s'empresse de nettoyer le premier but. Tapkiri s'approche du gourmand. Les oreilles de Mammouth deviennent toutes molles. Nullement impressionné par sa présence, Tapkiri lèche les dernières traces d'œuf, sa tête de belette sous la gueule du mastodonte. Étonné, le chien bave dans son cou. CrriiikkK ! Tapkiri lui donne un coup de patte sur le front et décampe. Mammouth réagit au quart de tour. Il part à sa poursuite. Tapkiri file vers le *haveli*. Dans un nuage de poussière, les deux bêtes s'engouffrent à l'intérieur par la porte entrouverte.

— *Tchèlo* ? lance Swapnil.

— *Tchèlooooo* !

Vifs comme l'éclair, nous nous élançons, entrons dans le *haveli*… et tombons au beau milieu d'un chantier. Pendant que nous étions dehors, les ouvriers se sont installés. Je demande à Swapnil :

— Vois-tu Tap…

Une comète grise bondit au-dessus de mes pieds. C'est Tapkiri ! Elle file aussi vi… AYOYE ! Mammouth m'écrase les orteils. Dans un ouragan de poils, il traverse la pièce. Tapkiri zigzague entre les tréteaux de bois. Mammouth fonce, s'empêtre dans ses pattes et… BANG ! BANG ! BANG ! les tréteaux basculent les uns après les autres. Tapkiri s'enfuit. Mammouth la poursuit. Rien ne l'arrête. Elle longe le mur. Il la talonne. Tapkiri se cache. Je vois son museau entre deux planches appuyées au mur. Le chien la piste. WOUF ! Il l'a trouvée. KABLONK ! PLAF ! Les planches dégringolent. Tapkiri grimpe dans une échelle. Mammouth appuie ses grosses pattes sur les barreaux. Wouf ! Wouf ! WOUF ! Il faut les arrêter ! CrriiikkK-IK-IK ! L'échelle se met à tanguer. Elle va…

Aaaah ! Elle s'abat sur un sac de ciment. POUF ! Tapkiri part en vol plané. Elle s'agrippe à une toile tendue entre deux murs. CRAC ! La toile tombe sur le dos du chien. WOUOU ! Tapkiri atterrit sur l'épaule d'un ouvrier. *KAY* ? L'homme échappe son pot de peinture. PAWF ! Du bleu partout ! Tapkiri saute sur le sol, galope. Enfin dépêtré, Mammouth bondit. Tapkiri se faufile entre les jambes d'un apprenti. Le chien se rue. L'Indien se fige. Déchaîné, Mammouth percute l'apprenti. Le seau qu'il portait est projeté vers l'avant. Une trombe d'eau jaillit. Elle explose en gouttelettes au moment où Léo et Subbash entrent dans la pièce. NOOOOON !... SSSPLAAACH !

Le chapeau de travers, mon grand chef dégouline d'eau sale. Subbash éponge quelques gouttes sur son visage de maharadja. Les ouvriers ne soufflent mot, n'osant pas bouger. Je m'écrie :

— Ce n'est pas eux, c'est Mammouth !

— *Noko*, c'est Tapkiri ! lance Swapnil.

— Pas du tout ! Mammouth est un gros bêta.

— Tapkiri est une *gand*…

— Bout de comète ! s'exclame grand-papa. Cessez de vous chamailler, les gamins ! On dirait deux jeunes coqs dans un poulailler.

Nous acceptons la remarque en silence. Il est rare que mon grand-père élève la voix. Il vient vers nous et nous prend tous les deux par l'épaule. La manche de sa chemise dégoutte dans mon dos. Léo nous dit :

— Tout à l'heure, j'ai mis le pied dans du ciment frais. Alors, un peu d'eau ne me fera pas de mal.

De plus en plus humide, mon t-shirt me colle à la peau. Grand-papa ajoute :

— Si on passe la journée à chercher les coupables, les rénovations n'avanceront pas.

— Ton grrrand-pèrrre a rrraison, approuve Subbash en époussetant sa veste blanche. Le trrravail avant tout ! D'ailleurrrs, sais-tu pourrrquoi les maisons des montagnarrrds sont en bois ?

Flatté qu'on me consulte, je réfléchis avant de répondre :

— Parce que ça coûte moins cher ?

— Oui, peut-êtrrre, mais la vrrraie raison est que...

Bapou fait un clin d'œil à Léo, qui enchaîne :

— ... on a eu besoin des pierres pour construire la montagne !

Les deux blagueurs s'esclaffent. Ouf ! Ils m'ont bien eu, mais au moins l'orage est passé. Les ouvriers reprennent le travail tandis que Léo et Subbash inspectent le chantier. Replaçant mon chapeau, je demande à Swapnil :

— Tu ne trouves pas que c'est trop tranquille ?

Swapnil parcourt la pièce du regard.

— Vite ! Il faut les retrouver.

Comme la porte extérieure est encore ouverte, nous tentons notre chance de ce côté. Tout est calme dans la cour. Aucun trou dans le sol, aucune branche tombée et la grille a tenu le coup. Derrière nous, un ronflement s'amplifie. Mammouth dort dans un coin d'ombre. Du jaune d'œuf sur les babines, le mastodonte noir est couché en boule. Bien au chaud entre ses pattes, une petite boule grise respire profondément. Tapkiri s'est trouvé un nid moelleux.

Je murmure :

— Elle a l'air si douce, on ne croirait jamais qu'elle a tué un cobra.

— *Aré* ! On a oublié d'en parler.

— Retournons voir grand-papa. J'ai les roupies dans ma...

— Là-bas ! crie Swapnil. *Sapéra* !

Par la grille, j'aperçois le charmeur de serpents. Il se tient à l'écart dans la ruelle et montre du doigt le *haveli*. Un homme portant une casquette l'accompagne.

— Dépêchons-nous ! Il faut lui parler.

— Prends Tapkiri, Abel ! Je vais chercher ton sac à dos.

J'attrape Tapkiri, Swapnil me passe mon sac, j'y installe la mangouste et nous partons à la course. Assommé de fatigue, Mammouth n'a pas bougé d'un cil. Tapkiri, elle, vire en rond dans mon dos. Il n'était pas question que je la laisse à la maison. Cette coquine est plus excitée que ma cousine de trois ans après avoir mangé tous ses bonbons d'Halloween. Et Swapnil l'a compris sans même me consulter.

Arrivés dans la ruelle, nous freinons d'un coup sec. Le charmeur de serpents a disparu.

— Par là !

Je repars en trombe. Je viens d'apercevoir la casquette blanc sale devant un magasin de graines. Secoué, mon sac rebondit dans mon dos. J'espère que Tapkiri n'a pas mal au cœur... Swapnil me dépasse. Il est habitué à la canicule. Pas moi. Je ralentis de plus en plus. L'air de Jaisalmer est si chaud que j'ai l'impression de courir dans une sécheuse.

Je rejoins mon ami qui m'attend devant un comptoir de tissus.

— Je l'ai perdu, il y a trop de monde.

Essoufflé, je m'assois par terre parmi les papiers graisseux. Swapnil me conduit plutôt à l'ombre. Il sait que le rouge tomate sur mes joues n'est pas ma couleur naturelle. Dans ce recoin entre deux boutiques, l'air est un peu plus respirable. Tapkiri en profite pour sortir la tête. Je suis tout de même mal à l'aise, car une voix retentit au fond du passage. Un Tigron étoilé ne doit pas céder à la curiosité, mais l'homme crie à tue-tête. Swapnil et moi jetons un coup d'œil. Mes yeux s'habituant à la pénombre, je reconnais l'homme à la casquette. HEIN ? Les poings levés, il menace le charmeur de serpents. Il hurle sa colère au visage du pauvre garçon. La haine déforme ses traits. Acculé au mur, le *sapéra* encaisse.

Effrayé, je serre le bras de Swapnil. Ce type est un monstre, un vrai ! Tapkiri saute sur mon épaule. CRRIIIKKK ! Surpris, l'homme se retourne d'un coup sec. Il lâche le *sapéra* et s'élance vers nous. Je me fige, pris de panique. Swapnil m'agrippe par le collet et m'entraîne hors du passage. Tapkiri s'accroche à mon épaule. Je cours le plus vite que je peux. Mes talons frappent mes fesses. Swapnil me tire par la main, se faufile entre les passants, bifurque, contourne, piétine des sacs de riz. J'entends les cris de l'homme juste derrière nous. Je me sens faiblir. Swapnil s'écrie :

— *Tchal*, Abel, *tchal* !

Je n'ai plus de forces, mais je cours toujours. Devant la bête sauvage, le Tigron étoilé ne doit jamais céder. J'aperçois la grille du *haveli*. Je vais puiser au plus profond de moi ce qui reste de l'énergie de la tribu et je franchis les derniers mètres comme sur un tapis volant. Notre arrivée fulgurante réveille Mammouth. Il se dresse. WOUF! WOUF! WOUF! Nous passons tout droit et entrons dans le *haveli*. Dans un cri de victoire, nous refermons la porte à toute volée.

-10-

Malentendus

Swapnil à mes côtés, je cours jusqu'au petit salon, où je retrouve grand-papa sirotant un thé. Je me laisse tomber sur les coussins en disant :

— On a voulu nous tuer !

Mon grand chef s'étouffe avec sa gorgée. Je lui frotte le dos tandis que Swapnil lui enlève son verre des mains. En quelques mots, j'explique l'attaque de Tapkiri, notre projet de retrouver le *sapéra* et la terrible violence de l'homme à la casquette.

— Si Swapnil ne m'avait pas aidé, je crois que... que la brute m'aurait transformé en viande hachée !

Léo prend une gorgée de thé au lait avant de répondre :

— Tu exagères, champion. Un Indien ne serait jamais aussi agressif.

— Justement ! Ce n'était pas un Indien. Pas vrai, Swapnil ?

— J'ai couru vite. Je n'ai pas eu le temps de bien voir, mais...

— ... tu sais que j'ai raison, *tikké* ?

Mon ami dodeline de la tête. Grand-papa se gratte le front sous son chapeau.

— Indien ou pas, je ne comprends pas pourquoi quelqu'un t'en voudrait autant.

— Parce que Tapkiri a tué le cobra ! Le *sapéra* doit travailler pour la grosse brute.

— Et ?... insiste Léo.

— Et, le serpent mort, l'homme n'a plus d'argent. Ce qui veut dire que...

Grand-papa attend la suite. Dans un éclair fulgurant, la vérité m'apparaît.

— C'est évident, la grosse brute voulait m'enlever pour exiger une rançon !

Cette fois, même Swapnil me regarde d'un drôle d'air.

— Mon Tigron, ton imagination dépasse celle de tous les Laforêt. Tu m'épates.

Je me renfrogne.

— Il existe certainement une explication, disons... moins épique. D'ailleurs, tu arrives de l'extérieur, non ?

— Ouais...

— Je présume que tu n'as pas pris le temps d'aller à ta chambre. Je me trompe ?

— Non, non. Tapkiri est même encore dans mon sac à dos.

Mon grand chef me sourit, satisfait.

— Alors, où est passé ton chapeau ? Je mets ma main sur ma tête. Rien !

— Tu l'as perdu, pas vrai ?

— *Ho* ! Tu l'avais quand nous étions dans la cour, confirme Swapnil.

— Tu vois, champion, l'explication est simple. L'homme courait derrière toi pour te remettre ton chapeau. Les Indiens sont tellement serviables !

— Mais je t'ai dit que ce n'était pas un Indien !

Grand-papa ne m'écoute plus. Il a fermé les yeux pour déguster son thé. Parfois, les grands chefs s'isolent. Ils dressent autour d'eux une barrière si haute qu'il n'y a pas moyen de la franchir. Autrement dit, ils veulent avoir la paix !

-11-

Le chevalier noir

Je n'ai pas quitté le *haveli* du reste de la journée. Trop inquiet, j'ai passé mon temps à regarder par les fenêtres et les balcons au cas où je verrais de nouveau la brute à la casquette. Swapnil et moi avons fait équipe. Pendant que j'observais à l'ouest, mon ami allait à l'est. Quand je montais vers le nord, il se dirigeait vers le sud. Nous avons visité toutes les façades de la maison-labyrinthe. Nous n'avons vu personne.

Tapkiri et Mammouth nous ont accompagnés dans notre tour de garde, parfois en solitaire ou en duo. Craignant d'être privé de dessert, le chien a filé doux jusqu'au souper. Tapkiri, elle, a montré son caractère enjoué. Guerrière infatigable, elle a éventré deux coussins, déchiré une paire de rideaux et transformé le matelas de grand-papa en passoire. Le cadeau du maharadja met beaucoup de vie dans le *haveli*.

Après une journée pareille, il est difficile de trouver le sommeil. Étendu sur mon lit, je m'inquiète encore :

— Penses-tu que Tapkiri va bien dormir dehors ?

— *Ho*, j'en suis certain, m'assure Swapnil. *Adjoba* lui a mis une longue *soumbha*, euh... corde.

— J'aurais préféré la garder avec moi.

— *Atcha...* mais *adjoba* trouve qu'elle est trop, trop...

— ... excitée ?

En guise de réponse, Swapnil bondit sur ses pieds, zigzague à toute vitesse autour des lits, sautille, repart, freine et se laisse tomber sur son matelas. Je ris à gorge déployée. Mon ami imite à la perfection l'énergie de ma coquine de mangouste.

Fier de son effet, Swapnil arbore son plus grand sourire. Il admet :

— *Adjoba* est drôle lui aussi. Il connaît beaucoup de blagues.

— C'est vrai ! Avec *Bapou*, il n'arrête pas. Alors, quand ces deux-là disent qu'ils vont s'occuper du chantier, je ne les crois pas.

— Pourquoi ?

D'un air espiègle, j'affirme :

— Parce qu'ils passent leur temps... sur Internet ! Ils se cachent pour lire des blagues.

Nous pouffons de rire. Mes soucis s'envolent. J'oublie presque ma plus grande déception : celle de ne pas avoir réalisé mon projet. Je n'ai pas réussi à donner mes roupies au *sapéra*.

Dommage... Un Tigron étoilé doit toujours honorer ses promesses mais, confronté à une menace, un brave doit user de sagesse. La fuite est parfois la meilleure des stratégies.

Un léger bruit de crécelle vient troubler mes pensées. Je me redresse sur mes coudes.

— Swapnil, entends-tu ?

— *Kay* ?

Je m'approche de la fenêtre. Le bruit se répète avec plus de force. Il s'amplifie pour se transformer en cri d'alarme. CrrriiikkKK !

— C'est Tapkiri !

Je passe la tête par la fenêtre. Swapnil me rejoint. Les lumières du *haveli* éclairent faiblement la cour. Tapkiri est affolée. Elle court en rond, tire sur sa corde. Bout de comète ! Qu'est-ce qui se passe ? Mon sang se glace dans mes veines. Dans la ruelle, quelqu'un est en train d'ouvrir la grille.

— AaaaH !

Je sors de la chambre en hurlant :

— Grand-papaaaaa !

Je cours à toutes jambes. De la cuisine, Mammouth se met à aboyer. WOUF ! WOUF ! Mon grand chef surgit dans le couloir.

— Champion !... As-tu fait un cauchemar ?

Swapnil arrive, l'air épouvanté.

— Voyons, mes intrépides, avez-vous vu un revenant ?

— *Vayit manouch, vayit...* bredouille Swapnil.

— Le méchant, grand-papa ! Il est dans la cour.

— Ouf ! soupire Léo. Moi qui croyais que vous aviez vu le fantôme du *haveli*.

J'explose :

— Grand-papa, c'est sérieux !
L'homme à la casquette... il vient me
kidnapper !

Je me jette dans ses bras.

— Tout doux, mon Tigron, me
dit Léo en me frottant le dos. Ton
monsieur vient sûrement rapporter
ton chapeau, même s'il est un peu
impoli d'arriver si tard. Allons à sa
rencontre !

— Noooon !

Sourd à mon cri, grand-papa
lance :

— *Bapou* ?... Je sors une minute.

— Parrrfait ! lui répond-on de la
cuisine.

Désespéré, je serre la taille de
grand-papa de toutes mes forces.
Swapnil s'accroche à son bras. Léo
décide malgré tout d'avancer. Poussant
des han ! et des hon !, il nous traîne

avec lui. Résigné, je finis par relâcher mon emprise. Swapnil abandonne lui aussi, mais se colle contre Mammouth qui est ravi d'aller dehors.

Mon grand chef pousse la porte de la cour. Sans le voir, il interpelle déjà le visiteur :

— *Shri* ?...

Personne ne répond. Seule la rumeur de la ruelle parvient à mes oreilles.

— *Shri* ? Monsieur ?... *Sir* ? répète Léo en trois langues.

La cour est vide. Il fait sombre et je n'ai pas envie de m'attarder. Je veux rebrousser chemin quand le comportement de Mammouth attire mon attention. Excité, le chien renifle le sol. Il se tourne vers la grille et se met à grogner. Il trépigne. Wouf ! Wouf ! Je lâche la main de Léo. À grandes enjambées, je vais vers la grille. La corde de ma protégée traîne dans la poussière. Mon cœur bondit et je m'écrie :

— Il a enlevé Tapkiri ! Je le savais que c'était un méchant.

— Abel, encore tes histoires ! soupire Léo.

Swapnil s'empresse d'examiner le bout de la corde.

— *Atcha...* Elle a été coupée avec un...

— Bout de comète, les intrépides ! Votre mangouste a des scies à la place des dents. C'est elle qui a rongé la corde. Elle doit être rentrée quand nous sommes sortis.

Je proteste :

— Explique-moi donc pourquoi le chien, TON chien, grogne devant la grille ? Regarde, il ne tient pas en place ! Mammouth veut aller sauver Tapkiri.

— Wouf! WOUF! répond le chevalier noir.

— Bon, je constate que je n'arriverai pas à vous coucher ce soir. Un peu d'exercice devrait venir à bout de votre trop-plein d'énergie. Mammouth a sûrement senti un rat ou un lézard, mais puisque ça vous amuse de le suivre... allons-y!

-12-

Sous l'emprise
du cobra

I mitant les détectives chevronnés, je fais sentir la corde à Mammouth. Le chien en mordille un bout pour s'imprégner de l'odeur. Sans plus d'hésitation, j'ordonne :

— Cherche, Mammouth ! Cherche !

Le chien n'attendait qu'un signe. Il franchit la grille et part, nez sur le sol, en ligne droite. Swapnil et moi pressons le pas pour ne pas le perdre de vue. Après avoir dépassé quelques boutiques, je jette un regard derrière moi. Les mains dans les poches, les yeux au ciel, grand-papa déambule tranquillement.

— Grand-papa ! On va perdre Mammouth. Vite !

— Ne t'inquiète pas. Mon chien est un excellent pisteur. Il va nous attendre.

Swapnil pose sa main sur mon bras.

— Je ne le vois plus.

— Voilà ! Je le savais ! Mammouth a disparu, grand-papa.

Wououf ! Devant un marchand de sucreries, le chevalier noir signale sa présence. Mon grand chef nous rejoint, l'air satisfait.

— J'avais raison, non ?

Mammouth revient vers nous. Son maître le caresse derrière les oreilles.

— Brave petit poussin ! Cherche encore, ça distrait les enfants.

Vexé, je croise les bras. Ce soir, je ne suis plus un enfant. Je suis un fier Tigron étoilé sur le sentier de la guerre.

Je ne boude pas longtemps, car Swapnil me tire par la manche.

— *Tchal*, Abel ! Mammouth est reparti.

Cette fois, le chien part comme une flèche. Nous nous élançons pour le rattraper. Grand-papa court, la main sur son chapeau. Je suis rarement sorti à la nuit tombée dans la forteresse. Beaucoup de passants circulent. Dans les boutiques de souvenirs, les bijoux brillent de mille feux pour attirer les touristes. Nous devons être vigilants si nous voulons rester groupés. À l'occasion, il faut attendre derrière des motos qui avancent à peine ou contourner un chariot tiré par un buffle. Pour ne pas les effrayer, j'évite de passer trop près des vaches. Elles sommeillent, la tête sur les pavés.

Sans le vouloir, grand-papa bouscule un homme en turban. Il prend de longues minutes pour s'excuser. Nous traversons le bazar désert, où, dans la journée, se vendent couvertures tissées et châles multicolores. Sous un porche, des musiciens jouent leur musique lancinante. Nous nous enfonçons de plus en plus dans les ruelles sinueuses. Une famille de chèvres s'enfuit à notre approche. Un peu de lumière filtre ici et là entre les volets des maisons décrépites.

La pente du chemin s'accentue. Grand-papa éponge son front avec son mouchoir noir. Mon cœur bat vite. Je pense à ma protégée. Où est Tapkiri ? Son ravisseur lui a-t-il fait du mal ? À cette pensée, j'augmente la cadence pour monter la côte.

Mammouth s'arrête un peu plus haut. Aurait-il trouvé la cachette de l'homme à la casquette ? À pas de loup, le chien s'engage dans un étroit passage entre deux maisons de pierre. Notre petite troupe avance avec

précaution car des portions de mur se sont effondrées. Ça sent l'humidité et la crotte. L'obscurité nous enveloppe, mais la lune nous sert de veilleuse. En silence, nous suivons notre guide.

Tout à coup, Léo s'exclame :

— Devinette ! Que dit la maman allumette à ses enfants ?

— Chuuut !... Le méchant est peut-être là avec Tapkiri, grand-papa.

— Non, champion, là, tu n'as pas le temps de faire pipi. Désolé, mon grand.

Malgré la gravité de la situation, un sourire me chatouille les lèvres.

— Alors, les intrépides, où est-il, ce kidnappeur de...

— Chuuuutttt !

— Bon, bon, bougonne Léo, si la marche en silence fait partie de votre jeu, je vais m'y plier.

Sur la pointe des pieds, grand-papa trottine dans l'allée. Swapnil ne peut retenir un fou rire. Le géant Léo s'est transformé en petite souris. Mammouth nous conduit à une maisonnette. Elle est en très mauvais état. Des bouts de tôle bouchent des trous un peu partout. Prudent, je m'accroupis. Les autres m'imitent. Nous marchons clopin-clopant vers l'unique fenêtre. Léo proteste :

— Je me sens comme un vieux crapaud qui aurait oublié comment sauter.

— Chuuuutttt !

Nous touchons au but. Pressés les uns contre les autres, nous regardons par le trou taillé dans la pierre. Grand-papa sursaute.

— Bout de comète de bout de comète ! C'est scandaleux !

Dans la pièce, des lambeaux de tissu pendent au plafond. À vrai dire, ils ont une drôle d'allure. On dirait des...

— Des dizaines de peaux de serpent ! Le vil bandit... crache Léo. Celui qui vit ici est le pire des trafiquants, mes intrépides.

Quelqu'un bouge au fond de la pièce. Je ne vois pas qui c'est, mais il semble jouer avec un petit animal. Subitement, il se retourne.

— Le *sapéra* ! jette Swapnil.

Hé ! Il a un œil au beurre noir ! Le garçon paraît effrayé. Ouvrant une cage, il pousse la bête dedans. Ses moustaches dans mon oreille, Mammouth étouffe un grognement. La petite bête, c'est...

— Ma Tapkiri !

Je me lève d'un bond. Bout de... Poudre à canon ! Il n'a pas le droit ! Quand je pense que je m'en voulais pour la mort de son cobra... Ivre de colère, je m'élance et pousse la porte de la maisonnette.

Une odeur de sang me prend à la gorge. Je reste cloué sur place. Devant moi, une douzaine de cages sont empilées les unes sur les autres. Des bêtes sont tapies derrière les barreaux.

Grand-papa et Swapnil surgissent derrière moi.

— Est-ce que ça va, mon A... Ah ! bien, on aura tout vu ! gronde Léo en apercevant la pyramide de cages.

À pas de géant, mon grand chef se dirige vers le *sapéra*.

— C'est toi qui trafiques ainsi ? Honte à toi, mon bonhomme !

Le garçon se tasse dans un coin. Mammouth rôde autour de lui comme une panthère.

— Je ne voudrais pas être à sa place, murmure Swapnil.

Grand-papa ne décolère pas.

— Tuer des serpents pour leur peau et des mangoustes pour leur poil ! La prison t'attend, petit voleur.

— Tuer Tapkiri ? crions-nous d'une même voix.

— Que croyez-vous qu'il fabrique avec toutes ces mangoustes ? Il les étripe ! Leur poil fait d'excellents pinceaux, paraît-il, mais c'est in-ter-dit !

Rouge de colère, Léo se penche vers le *sapéra*. Le garçon se cache derrière son bras. De sa voix de tonnerre, Léo gronde toujours plus fort :

— Qu'as-tu à dire pour ta défense, crapule ?

Le charmeur de serpents éclate en sanglots. Terrorisé, il bredouille des mots incompréhensibles. Les larmes roulent sur ses joues. Grand-papa se racle la gorge. Il ne semble pas très à l'aise dans son rôle de policier.

Je le comprends. Le *sapéra* avait l'air si gentil quand il jouait du *mourli*.

— Il parle en marwari, constate Swapnil.

Hoquetant, le garçon s'essuie sur sa manche. Ému, mon grand chef lui donne son mouchoir.

— Hum ! Bon, bon... Venez, les intrépides, libérons ces prisonnières.

Léo commence à défaire la pyramide. Nous accourons. J'ai hâte de retrouver ma Tap...

— STOP !

Une main m'attrape par-derrière. Héééé ! L'homme passe son bras autour de mon cou et me serre contre lui.

— Grand-papaaaaa !

Léo se retourne d'un bloc, poings fermés.

— Lâchez mon petit-fils !

L'homme ricane. Du regard, je supplie Léo de me sauver, mais il reste immobile.

— Abel, bouge pas ! crie Swapnil.
L'homme à la casquette a un cobra.

Quoi ! L'homme à la casquette ?
Mes jambes se dérobent sous moi.
Le bandit me redresse brutalement.
Il m'étouffe avec son bras. Du coin
de l'œil, je vois la gueule du cobra
s'ouvrir. Je vais mourir... Un gémis-
sement incontrôlable s'échappe de
ma bouche.

Un bruit de crécelle répond à
mon appel. Crrriiikkkk ! Tapkiri
se met à tourner dans sa cage. Ses
voisines l'imitent. Elles se jettent
sur les barreaux de métal. Criiik !
Criiik ! Wououou ! hurle Mammouth.
CriiikkK ! Agacé, le bandit détourne
la tête. Le *sapéra* en profite. Tel un
guépard, il saute sur le bras qui tient
le cobra. Le serpent tombe par terre.
Le garçon s'en empare. L'homme
recule. Vlan ! D'un coup de pied dans
son tibia, je me dégage. Swapnil me

tire par la main. Léo fonce. Il bondit sur le bandit. L'homme tombe de tout son long et se frappe la tête sur le sol. Mon grand chef se relève. La brute à la casquette est assommée. Mammouth grogne, une patte sur sa poitrine.

— Mon Tigron d'amour ! s'écrie grand-papa.

— *Maïza mitra* ! lance Swapnil.

Je me précipite dans leurs bras. J'entends alors un bruit de course à l'extérieur. En coup de vent, *Bapou* entre, suivi de Naresh, son garde du corps.

— Que... s'est... s'est-il passé ? bafouille le maharadja, essoufflé.

— Une longue histoire, soupire Léo en remettant son chapeau, une très longue histoire, mais, toi, que fais-tu ici ?

— Je te cherrrchais, tu es parrrti si vite ! Heurrrreusement, un géant avec un chien noirrr et deux petites pestes, ça ne courrrt pas les rrrues.

Avec rudesse, Naresh pousse le *sapéra* dans un coin.

— Non ! Arrêtez ! Tapkiri et lui m'ont sauvé la vie. Il a capturé le cobra.

Le maharadja fait signe à son garde du corps de se calmer. Mon intervention libère un flot de paroles. Le charmeur de serpents en a gros sur le cœur. Dans un français laborieux, Naresh traduit :

— Garçon obligé travailler pour étranger. Beaucoup sœurs et petits frères dans village. Lui obligé attraper serpents pour étranger. Garçon malheureux. Serpents tués, man... mango...

— ... mangoustes ? propose Swapnil.

— *Ho* ! Mangoustes tuées. Étranger vendre pour beaucoup de roupies.

— Le monstre ! tonne Léo. S'attaquer aux plus faibles...

— Quel abject perrrsonnage !

Furieux, le maharadja crache par terre, tout près de la tête du trafiquant. L'homme entrouvre les yeux. Naresh le dévisage d'un air féroce, secondé par Mammouth qui montre les crocs. Le bandit se relève promptement, les mains en l'air.

Le charmeur de serpents s'avance, une petite boule grise au creux du bras.

— Crrikkk ! glapit la mangouste, le regard plein d'intelligence.

— Ma Tapkiri !

Radieux, le *sapéra* me confie ma courageuse protégée. Ils ont fait une sacrée équipe, ces deux-là ! Tapkiri n'hésite pas une seconde et grimpe sur mon épaule. Pour remercier mon sauveur, je le salue, mains jointes sur la poitrine. Moins solennel, Swapnil lui tapote le dos en signe d'amitié.

Brandissant le poing, je crie :

— Libérons les mangoustes !
Tchèloooo !

Dans un même élan, nous nous ruons vers les cages. Tous les trois ensemble, nous les ouvrons. Les bêtes bondissent partout dans la maison-nette. Sur mon épaule, Tapkiri se trémousse. Les mangoustes courent, mordant au passage les mollets du bandit. Les plus téméraires galopent sur le dos de Mammouth. En bon père adoptif, le chevalier noir se laisse taquiner.

Pour calmer les douze comètes grises, le charmeur de serpents prend son *mourli*. Grand-papa et *Bapou* l'écoutent d'une oreille attentive. Swapnil tape du pied en cadence. Une idée traverse mon esprit. Pourquoi le maharadja n'engage-t-il pas le *sapéra* ? Mais oui ! Plein de touristes viendraient à l'hôtel pour l'entendre.

De toute façon, le maharadja ne peut rien me refuser aujourd'hui. S'il ne m'avait pas offert Tapkiri, je ne serais jamais passé à un cheveu de la mort...

Comme si elle lisait dans mes pensées, Tapkiri frotte sa joue contre la mienne. Je lui souris. La coquine approche son museau pointu de mon nez... et elle me donne un bisou.

— Swapnil ! Au secours !... Tapkiri est amoureuse !

Fin